Zum Gedenken an all das gewaltsam vernichtete Leben und der verlorenen Seelen in unserem Universum.

DER LEBENS-TROPFEN

AUTOR:
SÜLEYMAN ÇİLOĞLU

SCIENCE FICTION ROMAN

Bibliografische Information der Deutschen Nationalbibliothek:
Die Deutsche Nationalbibliothek verzeichnet diese Publikation in der Deutschen Nationalbibliografie; detaillierte bibliografische Daten sind im Internet über http://dnb.dnb.de abrufbar.

Herstellung und Verlag: BoD – Books on Demand, Norderstedt.

ISBN: 9783756243785

Coverbild-Ausschnitt, Quelle:
Gratis-Download

Inhaltsverzeichnis

ZITATE:

1* Schicksal, Zufall, Realität, Vergangenheit und Zukunft sind Begriffe die wir Menschen gerne benutzen, uns jedoch nie bewusst waren das es so etwas auf der Erde für die Menschheit niemals existiert hat.*

2* Ein einfacher Gedankenfunke kann die schöpferischste aber auch die zerstörerischste Kraft im Universum sein. Er kann Planeten, Sonnensysteme, sogar das ganze Universum selbst vernichten.*

3* Der Tod ist sehr oft das bessere Leben.*

4* Das einzig uns bekannte was Zeitreisen durchführen kann sind die Gedanken, sie können ständig in die Vergangenheit und in die Zukunft, die wir uns vorstellen können, hin und her wandern.*

5* Aus Wissen entsteht Phantasie und aus Phantasie Wissen. Beide gehen Hand in Hand, sind unzertrennlich und unerschöpflich.*

6* Wer die Gegenwart zerstört, zerstört auch die Vergangenheit und die Zukunft.*

7* Die einzig wahre Konstante im Universum ist die Hoffnung.*

8* Jeder Mensch, der anderen Menschen wissentlich Leid zufügt,
und sich auf Kosten anderer Menschen bereichert, verschenkt im gleichen Maße seine Seele dem Teufel, damit das Gleichgewicht wieder hergestellt ist.
Jedoch nur solange bis von ihm nur noch eine leere Hülle vorhanden ist, die schließlich in sich zusammenfällt.*

9* Seitdem der Mensch vor über 3 Millionen Jahren seinen Verstand erhalten hat,
und begonnen hat seine Mitmenschen zu ermorden und ihnen Leid zuzufügen,
um sich zu bereichern, genauso oft,
mit jedem Mord und Verbrechen, wurde auch die Geschichte der Menschheit und der Erde verändert, und genauso viele Zeitstränge existieren bereits parallel zu unserem heutigen, und es kommen täglich Millionen neue Zeitlinien hinzu.*

10* Ein Mensch ist erst dann Weise, wenn er andere Menschen dazu bringt auch Weise zu sein.*

11* Was bedeutet Menschlichkeit und Güte? Sich so zu verhalten wie ein Mensch, oder sich nicht so zu verhalten wie ein Mensch ?*

12* Die Anti-Spezies Mensch ist der schlimmste aller Parasiten. Er zerstört nicht nur seinen Wirt, die Erde, sondern auch alle seine Artgenossen und Mitbewohner.*

13* Wer exakt Richtlinien und Befehle befolgt, zu demjenigen kann durchaus irgendwann der Teufel aus der Hölle erscheinen.
Wer Richtlinien und Befehle nicht immer befolgt holt selbst womöglich irgendwann den Teufel aus der Hölle.*

14* Schlechte Therapeuten sehen nur das äußere Leid. Gute, hingegen, blicken auch tief in das Seelenpein und den Charakter eines Menschen und lassen sich von anderen nicht beeinflussen.*

15* Neben unseren Genen und unserem Charakter sind es die Augen, die zum großen Teil bestimmen ob aus uns ein guter oder ein böser Mensch wird.*

16* Träume vermitteln uns das reale Leben unseres anderen Ichs auf Parallel-Welten und Dimensionen in unterschiedlichen Parallel-Universen.*

17* Wenn ein geliebter Mensch stirbt, tut sich innerlich eine Leere unermesslichen Ausmaßes auf, und ein unendlich tiefer Abgrund öffnet sich, der sich niemals verschließt, und einem manchmal verschlingt.*

18* Das Glück ist sehr unglücklich, jedoch das Unglück hingegen, ist sehr sehr glücklich verteilt auf dieser Welt.*

19* hinter der Zeit her zu rennen, mit der Zeit zu gehen und der Zeit vorauseilen, ist alles dasselbe.*

20* Der grausamste aller Tode im Universum ist das hinterher jagen einer Hoffnung die sich niemals erfüllen wird.*

21* Die Wahrheit und die Gerechtigkeit gab es schon ewig, und wird es auch ewig geben. Die Un-Wahrheit und die Un-Gerechtigkeit, allerdings, ist allein die Erfindung der Spezies Mensch und wird es solange geben, solange die Un-Spezies Mensch existiert.*

22* Alle Sterne im Universum kommunizieren wie Lebewesen miteinander, durch Gravitations- und elektromagnetische Wellen. Wer die Sprache der Sterne entschlüsselt, der entschlüsselt auch die Sprache und das Geheimnis des Kosmos und des Lebens.*

23* Der Sinn des Lebens bedeutet, zehn Mal für andere zu leben, anstatt einmal für sich selbst.*

24* Trostlosigkeit und Hoffnungslosigkeit, gibt es nur in der Welt der Menschen, sonst kommt es nirgends in der Natur vor, auch nirgends im Universum.*

25* Die Ausdehnung unseres Universums verhält sich zum Ausmaß des größten Sternes im Kosmos, genauso, wie die Größe dieses Sterns zu einem Atom.*

26* Die Sterne senden, aus Ihren Herzen heraus, unentwegt Weisheit, Demut, Zufriedenheit, Geduld, Güte und Gerechtigkeit ins All hinein, und auch zu uns, aber wir Menschen erkennen dies nicht und können es nicht verinnerlichen.*

27* Die Ideale, die wir in unseren Phantasien erschaffen, sind in unserer Realität unerreichbar.*

28* Die Welt, wie wir sie kennen, ist bereits die wahrhaftige Hölle. Wir alle werden in sie hineingeboren. Und das was wir aus unserem Leben machen, zeigt, ob wir weiterhin in der Hölle bleiben oder uns in Richtung Paradies bewegen.*

29* Gott hat das Schicksal erschaffen,
und die Menschen erschufen die Hoffnung.*

30* Ein Vogel weiß nichts über Atome, der Lichtgeschwindigkeit und das Universum. Genauso gibt es bei uns Menschen eine Barriere über die wir nicht hinausdenken können, auch wenn wir all unser Wissen, Forschung und Phantasie einsetzen, werden wir es dennoch nicht begreifen.*

31* Das Leben besteht nicht nur aus Atmen, Trinken, Essen und Denken. Es besteht auch daraus, sich ständig für andere zu opfern.*

32* Das heiligste, was es im Universum gibt, ist die Zeit. Ohne sie gäbe es kein Leben und keine Gebete. Aber sie ist gleichermaßen das verfluchteste, denn sie bringt auch den Tod und die Verzweiflung.*

33* In jedem Menschen steckt schon bei der Geburt ein Dämon. Nur wenige haben ihn einigermaßen im Griff, die meisten nicht.*

34* So wie ein Schmetterlings-Flügelschlag in Australien, das Wetter in Amerika beeinflusst, so beeinflussen auch unsere Gedanken auf der Erde die Ereignisse im Universum, die wir nicht kontrollieren können.
Wie unsichtbare Kugelwolken durchfluten sie ständig, mit Überlicht-Geschwindigkeit, den gesamten Kosmos.*

35* Die Erde, und die Lebewesen auf ihr sind ein Experiment von mächtigen, unsterblichen Wesen, die uns aus weiter Ferne beobachten. Sie testen ob sie mit uns, bei Erfolg, den gesamten Kosmos bevölkern können. 100 Jahre bei uns, sind für diese Wesen wie eine Sekunde.
Unser Leben ist für sie wie ein aufleuchtendes Licht, bei der Geburt, das gleich wieder erlischt, beim Tod. Wenn wir weiterhin uns gegenseitig weh tun, uns bekriegen und unseren Planeten zerstören, wird das Experiment eines Tages für gescheitert erklärt, und alles vernichtet. *

36* Ehre entspringt unserer Seele, Verstand aus dem reinen Geist *

VORGESCHICHTE:

Vor Äonen:

Das Zentrum des Universums.

Von einem gigantischen Objekt, in der Form eines mächtigen, symmetrischen, pechschwarz schimmernden Wassertropfens von 600 Millionen Kilometern Gesamtlänge, mit makellos glatter Oberfläche, löst sich die Spitze und teilt sich in sechs gleiche Stücke.

Die Raumschiffe steuern den bewohnten der drei Planeten aller sechs Sonnensysteme an, die den überdimensionalen Wunderkörper umkreisen, und landen dort.

Auf allen sechs Planeten leben unterschiedliche humanoide Spezies, alle in einem Entwicklungsstand der frühen Steinzeit.

Es sind die Ur-Lebewesen im Universum, die ersten ihrer Art.
Der Ursprung aller Zivilisationen im Weltall.

Die Indigenen Bewohner der Planeten
erstarren zunächst in Angst und Ehrfurcht.

Als aus jedem der Raumschiffe drei hellgrell, weißleuchtende Energiewesen mit humanoiden Körperzügen entsteigen, verneigen sich alle vor ihnen, und alle hoffen ängstlich, das die Götter, die vom Himmel kommen, wohlwollend sind.

Jeder von ihnen überreicht den Ureinwohnern zehn kristallklare, durchsichtige Steine in der Form eines sich gerade ablösenden, fallenden Wassertropfens, genauso wie die Gestalt des Mutterschiffes der Wesen.

Alle Bewohner der sechs Planeten erhalten insgesamt dreißig dieser Steine,
in sechs unterschiedlichen Farben.
Die Farbe der Steine der Spezies Mensch ist dunkelrot.

Die "Götter" sprechen nur ein Wort aus,
" Mhed´dhuum" , dann schweben sie wieder in ihre Schiffe und entschwinden gen Himmel aus ihren Augen.

Die sechs Raumschiffe fügen sich im All
wieder zusammen und docken wieder
an das Mutterschiff an.

Die Wesen aus dem All nennen sich,
die Elhaa´lihk, die Schöpfer von Zeit
und Existenz, unsterbliche, viele hunderte
Milliarden Jahre alte Kreaturen.

Seit diesem Zeitpunkt verschwindet plötzlich
der Zwist und die Feindseligkeit unter den
Stämmen der Ureinwohnern, auch Habgier,
Hass, Wut und Egoismus existieren nicht
mehr.

Für sie alle war es mehr als ein Wunder,
die Götter haben ihnen das wahre Leben
geschenkt, ihre Seelen und ihren Verstand
gereinigt.

Die Steine trugen seither den Namen
Mhed´dhuum, und waren das heiligste
auf ihrem Planeten.

ZWISCHENGESCHICHTE:

Zwei Millionen Jahre später:

In allen sechs Sonnensystemen haben sich blühende Zivilisationen entwickelt, die in friedlicher Nachbarschaft und in Harmonie untereinander leben.

Sie schätzten und achteten alles Leben. Sowohl das Leben wie auch der Tod war ihnen sehr heilig.

Mittlerweile haben alle Spezies auch die zwei anderen Planeten ihres Systems bevölkert.

Die Legenden vom Besuch der "Götter" zieren die Wände vieler Höhlen als Malereien und auch die Seitenflächen unzähliger Monolithe, die auf allen Planeten, im Laufe der Zehnjahrtausende, aufgestellt wurden.

All diese heiligen Stätte wurden unter Denkmalschutz gestellt und waren beliebte Pilgerziele.

Seitdem sie technisch in der Lage waren das allmächtige und heilige Wunderobjekt zu sehen, um das ihre Sonnen-Systeme kreisten, seitdem wurde es von allen ehrfurchtsvoll **"LEBENSTROPFEN"** genannt, denn es spendete ihnen Leben und Zusammenhalt.

Alle glaubten fest daran, dass das Leben aus diesem übergroßen Tropfen stammen musste.

Sie bewunderten es, viele beteten es an.
Sie glaubten in ihm leben die All-Schöpfer, die das Weltall selbst und ihre sechs Sonnensysteme erschaffen haben.

Inzwischen fanden auch alle heraus das die zweiteiligen, heiligen Mhed´dhuum-Steine, Kommunikationsgeräte waren, mit denen sie sich, über Sonnensysteme hinweg, interplanetarisch verständigen konnten.

Die Steine übersetzten auch gleich in die jeweilige Sprache aller Spezies.

Die Elemente aus denen sie stammten kamen auf keinem ihrer Planeten vor, und sie waren unzerstörbar.

Doch von ihren Göttern wurden sie nie wieder besucht.

Die Wissenschaftler unter ihnen errechneten, das sich das Universum in alle Richtungen, von diesem Objekt aus, gleichmäßig, mit derselben Geschwindigkeit, ausdehnte, und sie wussten daher, schon seit langer Zeit, das sie im Zentrum des Universums lebten.

Mit ihrer hochentwickelten Technologie durchforschten Sie schon seit mehreren hundert Jahren jede Richtung des Universums, konnten jedoch kein intelligentes Leben entdecken.

Daher beschlossen sie untereinander, und glaubten auch das es der Wille ihrer "Götter" sei, ihr Erbgut auch auf anderen lebensfähigen Welten zu verteilen, damit in den Tiefen des Weltalls ebenfalls blühende und friedliche Zivilisationen wie ihre entstehen, und diese später auch weiteres LEBEN auf anderen Planeten gründen konnten.

Von ihren Heimatplaneten aus startet jede Spezies zehn Raumschiffe mit je drei Abgesandten pro Schiff, in sechs verschiedene Richtungen des Universums.

Für die Abgesandten in den 60 Raumschiffen ist es eine sehr bedeutsame, heilige und ehrenvolle Aufgabe.

Ihre Ziele sind ferne, bewohnbare Planeten in verschiedenen Galaxien, um dort das kostbarste aller Güter, **DAS LEBEN**, auszusetzen.

Sie alle wussten natürlich das es eine Reise ohne Wiederkehr wird.

Mit den letzten Ressourcen und einem Überlebenden trifft eines der Raumschiffe der Spezies Mensch, nach einer langen Reise, in der Milchstraße, auf der Erde ein.

Der Pilot verteilt das wertvolle Genmaterial an verschiedenen Orten des Planeten und beerdigt danach seine zwei verstorbenen Kameraden.

Bevor er wieder ins All startet, um mit der Selbstzerstörung das Schiff und sich selbst zu vernichten, hinterlässt er noch zwei Mhed´dhuum-Steine.

Er trennt die Steine und deponiert sie auf der Nordhalbkugel, und auf der südlichen Hemisphäre der Erde, an vier verschiedenen Orten.

Die Mission der Abgesandten war es auch das spätere Zivilisationen, bei einem gewissen technischen Reifungsgrad, die Möglichkeit haben sollten, durch die Mhed´dhuum-Steine, Kontakt mit ihren Heimatwelten aufnehmen zu können.

HAUPTGESCHICHTE:

**Weitere Viele Millionen Jahre später,
HEUTE, JAHR 2142:**

Die Erde ist am Äquator zweigeteilt.

In der Nordhälfte herrscht der SOL-MARSHAL Lord Dharkhiin mit seiner Ehefrau Zheehiihra, den beiden Söhnen Kheshviin und Bhhariit, seiner großen Leibgarde und seiner riesigen Armee.

In der Südhälfte, auf den noch wenig verbleibenden Landmassen, leben die Rebellen, die verzweifelt versuchen gegen das grausame Regime zu kämpfen,
und die vielen Verstoßenen, in Hunger
und Hoffnungslosigkeit.

Der SOL-MARSHAL ließ um den gesamten Äquator, rund um die Erde, eine unüberwindbare Mauer errichten,
die bis ins Weltall reichte.

Eine Energiebarriere die tief ins Erdinnere drang und weit über der Exosphäre endete.

Die Erde hatte nun ebenfalls einen Ring wie der Saturn, aber einen teuflischen Ring.

Die "intelligente Barriere" ließ alles in der Natur durch, auch Tiere Wind und Wasser, jedoch keine künstliche Technologie oder Menschen.

Entsprechende Signaturdetektoren verhinderten dies.

Viele die es versuchten, um an Lebensmittel heranzukommen, scheiterten und wurden pulverisiert.

Zahlreiche Emitter-Satelliten auf einer geosynchronen Umlaufbahn über dem Äquator, die ihre Energie von der Sonne erhielten, bewerkstelligten die monströse Teilung der Welt.

Die Satelliten waren durch Schilde und Abschuss-Vorrichtungen geschützt.

Doch sie waren ohnehin nicht gefährdet, denn die südlichen Länder besaßen weder nennenswerte Technologien,
noch irgendwelche Raumfahrzeuge oder Düsenjets die bis in den Weltraum fliegen konnten.

Rückblickend:

Nach dem atomaren dritten Weltkrieg im Jahre 2078 starben fast zweidrittel der Erdbevölkerung.
Weitere viele Millionen an den Folgen.

Diesen katastrophalen Umstand und das Machtvakuum nutzte, 18 Jahre später, ein Mann, gerade mal 22 Jahre alt, mit brillanten Reden und Versprechungen, aus, und erlangte mit der Zeit viele Millionen Anhänger.

Jedoch seine Worte gegenüber den Menschen stimmten ganz und gar nicht mit seinen psychopatischen Gedankengängen überein.

Er vereinigte alle nördlichen Staaten und versammelte in kurzer Zeit eine Vielzahl von Kämpfern um sich.

Erbarmungslos rechnete er zuerst mit den Menschen ab, die ihn im Laufe seines Lebens, gedemütigt oder respektlos behandelt haben.

Heimlich schickte er seine Garde los, um sie zu suchen, aufzuspüren und zu verhaften, um daraufhin, grausam, Aberdutzende Familien hinrichten zu lassen.

Seine Truppen veranlasste er wertvolle Ressourcen aus den Ländern des Südens zu plündern.

Unbequeme Menschen, auch schwache Verkrüppelte und vom Krieg gezeichnete Menschen, verbannte er in die südlichen Erdteile oder auch sehr oft befahl er, sie auch verschwinden zu lassen.

Viele Tausende gingen auch freiwillig in den Süden, und wollten mit seinem undurchsichtigen, grausamen Regime nichts zu tun haben.

Lord Dharkhiin beherrschte und kontrollierte die gesamte Nordhälfte der Erde.

Mit unzähligen Kameras, Drohnen und seinen Satelliten entging nichts seinen Augen.

Zahlreiche Verbote ließ er im gesamten Reich verkünden.

Den Menschen war es untersagt zu lachen, zu tanzen, sich zu Amüsieren, Feste und Hochzeiten abzuhalten oder sich zu versammeln.

Verboten waren auch Lokale, Bars, Vergnügungsparks, Drogen und Alkohol. All die Geselligkeit und die Freude waren unterdrückt.

Bei Zuwiderhandlungen gab es keine Verhaftungen oder Gerichtsverfahren. Die Abweichler wurden gleich exekutiert mit Abschuss der Raketen durch die Drohnen, denen niemand entkam.

Alle restlichen Atomwaffen und deren Silos ließ er auf der Welt demontieren oder zerstören.

Er befahl mit den brauchbaren Teilen, eigens für ihn, ein Raumfahrtprogram aufzubauen.

2107 ordnete er eine Marsmission an. Er flog selbst mit, war der erste der seinen Fuß auf den Mars setzte und hinterließ dort seine Fahne als Machtanspruch, bevor er wieder zurückflog.

Zu Merkur, Venus und allen anderen Planeten und Monden des Sonnensystems ließ er Raumkapseln starten die nur eine Last transportierten, die Flaggen seines Imperiums.

Seitdem nannte er sich SOL-MARSHAL, der Befehlshaber des Sonnensystems.

2120 gab er den Befehl zur Errichtung der Energiemauer.

Er hätte mit Leichtigkeit die gesamte Welt erobern können und alle seine Widersacher eliminieren, doch mit den Satelliten, die diese Barriere schufen, hatte Lord Dharkhiin noch etwas anderes vor, etwas weitaus schrecklicheres.

Weiter mit der Erzählung:

Die Söhne von Lord Dharkhiin, Kheshviin (20 Jahre alt) und Bhhariit (22Jahre alt), wurden zu Elitekämpfern ausgebildet, hatten aber ganz unterschiedliche Charakter.

Während Kheshviin genau wie sein Vater, und seine Mutter, Machthungrig und Grausam war, hinterfragte Bhhariit das meiste, offerierte andere, friedliche Lösungen, war neugierig und hatte sanfte Wesenszüge.

Bhhariit war der Außenseiter der Familie und eher ein Einzelgänger.

Er konnte nicht mit ansehen wie unnachgiebig seine Familie ständig mit den Menschen umging, die sich gegen sie auflehnten, denn die wurden sehr oft unverzüglich exekutiert.

Sie mussten gegen die Energie-Barriere laufen und wurden in Luft aufgelöst.

Die Bilder wurden auf allen Sendern der Welt überall verbreitet, zur Abschreckung für andere.

Daher half Bhhariit den unterdrückten Menschen wo er nur konnte.

Aber er kämpfte gegen Windmühlen auf verlorenem Posten, denn er hatte keine Hilfe.

Das missbilligte sein Vater sehr.

Er versuchte immer wieder seinen Sohn von seiner Ideologie zu überzeugen.

Dharkhiin gab ihm andere Aufgaben um ihn zu beschäftigen und ihn abzulenken.

Doch Bhhariit ließ sich nicht davon abbringen weiter für Recht und Gerechtigkeit zu kämpfen.

Doch in letzter Zeit kümmerte sich sein Vater kaum noch um ihn.

Er ließ alles durchgehen was Bhhariit sich in den Kopf setzte.

Irgendetwas anderes, viel wichtigeres beschäftige Lord Dharkhiin in den letzten Wochen.

Bhhariit bemerkte öfter das sein Vater seinem engsten Vertrauten und seiner rechten Hand Khavaahk, er selber durfte ihn Khav nennen, irgendwelche Instruktionen erteilte.

Es schien so, als ob er Khavaahk ständig etwas suchen ließ, aber nicht finden konnte, und das immer Nachts in der Dunkelheit.

Manchmal kam Khav erst nach mehreren Tagen zurück und erstattete Bericht.

Aber sein Vater war ständig unzufrieden und wütend und er schickte ihn immer wieder weg, weiter zu suchen.

Eines Tages beschloss er Khav zu folgen.

Bhhariit sah wie er in die Hauptenergiezentrale ging und dort auf einen unsichtbaren Sensor drückte.

Aus einer Stahlwand kam ein versteckter Ganzkörperscanner heraus, den er noch nie gesehen hatte.

Khav lief durch den Scanner hindurch.

Seitlich eingebuchtet vom Scanner entnahm er ein Objekt, dann verschwand das Gerät wieder, unsichtbar, in der Wand.

Sein Weg führte anschließend zu den Hangars wo die Erdgleiter stationiert waren.

Diese Gleitflugzeuge waren von der neuesten Generation und hatten Antriebe mit Geschwindigkeiten von Mach 15 bis 20,
je nach Modell, und nannten sich Thunjjets.

Das Objekt, welches Khav mit sich nahm war ein mobiler Handscanner.

Mit diesem durchleuchtete er einen der Gleiter von vorne bis hinten, stieg ein und startete.

Bhhariit konnte sich das zuerst nicht erklären warum er sich und den Gleiter scannte.

Er nahm sich ebenfalls ein Gleiter und folgte ihm heimlich.

Dann eilte Khav mit seinem JJet in Richtung Süden zur "Äquatormauer" .

Um nicht registriert und bemerkt zu werden schaltete Bhhariit den JJet-Transponder aus, und folgte Khav außer Sensorreichweite.

In der Mitte des früheren "Afrikanischen Kontinents", Bhhariit traute seinen Augen nicht, durchflog Khav die Mauer und verschwand in der Dunkelheit.

Bhhariit konnte ihm nicht folgen sonst wäre er an dem Schild zerschmettert.

Jetzt war ihm natürlich klar das es einen Weg gab die Signatur von Menschen und Flugobjekten in den Computer einzugeben, so dass der Energieschild eine Durchgangs-Passage öffnet.

Ihm blieb keine Wahl, er flog wieder zurück.

Seit seiner Kindheit wurde ihm und seinem Bruder, von seinen Eltern und dessen Gefolgsleuten, eingetrichtert, das es kein Durchkommen durch den Energieschild gibt.

Wer diesem zu nahe kommt, der verbrennt auf der Stelle, sagte man ihm ständig.

Auf der anderen Seite würden böse Menschen und Monster leben die einem nach dem Leben trachteten.

Auch viele schreckliche Krankheiten gäbe es dort mit denen man sich anstecken könnte.

Mit solchen Horrorgeschichten wuchs er auf.

Nach zwei Tagen kam Khav wieder zurück, und erstattete Lord Dharkhiin Bericht.

Bhhariit hörte das Gespräch in seinem Zimmer über einen Empfänger mit.

Den Miniatur-Sender versteckte er im Gesprächszimmer seines Vaters, als dieser mal wieder seine Inspektionsflüge durch sein Reich machte.

Khav berichtete über ein Treffen mit einem Händler aus den südlichen Provinzen.

Anscheinend wusste dieser etwas über den Verbleib irgendwelcher Steine.

Jedoch wollte der Händler, als Gegenleistung, drei Bi-Nukledare Energiezellen.

Diese sind Miniatur-Kernkraftwerke, die in einen kleinen Koffer passen würden, wovon eines eine ganze Stadt, mittlerer Größe, einige Jahre lang mit Strom versorgen könnte.

Diese Zellen gab es in unterschiedlichen Größen, auch weitaus kleinere, je nach Anwendung.

Mit ihnen wurden alle Raumfahrzeuge, Flugzeuge, Land- und Seefahrzeuge angetrieben.

Sein Vater ging darauf ein.
Khav vereinbarte schon im Voraus ein weiteres Treffen mit dem Händler in drei Tagen.

Aber diesmal wollte Lord Dharkhiin selbst mitkommen, das schien sehr wichtig für ihn zu sein.

Um was es ging und was für Steine sein Vater suchte, konnte Bhhariit noch nicht wissen.
Jedoch seine Neugierde war geweckt.

Er wollte unbedingt auch einmal den südlichen Erdteil sehen und jenseits der Barriere fliegen.

Noch in der gleichen Nacht schlich er sich heimlich in die Hauptzentrale, die Wachen lenkte er geschickt ab, und scannte sich und einen der JJets.

Danach flog er entlang der Peripherie der Mauer und suchte sich eine Interessante Stelle aus um auf die andere Seite, auf die südliche Seite, zu fliegen.

Die Sensoren des Fluggleiters empfingen plötzlich ein unbekanntes Objekt und ein schwaches Lebenszeichen in unmittelbarer Nähe der Barriere, auf einer flachen Steppe.

Kontinenten- und Ländernamen, auf der Welt, existierten nicht mehr, es gab nur noch die Nord-Erde und die Süd-Erde.

Bhhariit flog an die Mauer heran, hatte aber ein mulmiges Gefühl, und entfernte sich wieder.

Doch seine Neugierde war größer als seine Ängste.

Er fasste all sein Mut und durchquerte die Mauer, mit geschlossenen Augen.

Zur Sicherheit überflog er einige Male das Objekt.

Es war ein ähnlicher Thunjjet wie seins, jedoch ein älteres Baujahr.

Anscheinend streifte es den Energieschild, denn ein großes seitliches Stück fehlte, und stürzte ab.

Der Pilot lag regungslos daneben und schien bewusstlos oder tot zu sein.

Als er keine Gefahr erkannte, landete er daneben und ging auf den Piloten zu.

Er fasste den Piloten an der Schulter und wollte ihn umdrehen, doch schnell richtete sich der Pilot auf, stieß Bhhariit zu Boden und bedrohte ihn mit einer Waffe.

Dann nahm der Pilot seinen Helm ab.
Es war eine Pilotin, eine Frau.

Sie sagte zu ihm: "auf so ein Trick fallen nur Wenige herein, du musst ein besonders dummer Idiot sein".

Und dann fragte sie ihn, wie er es geschafft hat die Barriere zu durchfliegen, ob er hinter ihr her ist, und ob das Nord-Regime eine neue Waffe entwickelt hat um die restliche Südbevölkerung endgültig auszulöschen.

"Nichts von all dem, ich bin nicht in feindlicher Absicht hier" erwiderte Bhhariit.

Als er weitererzählen und sich rechtfertigen wollte, fasste sich die Pilotin mit schmerzverzerrtem Gesicht, mit beiden Händen an ihre Schläfen.

Bhhariit war das nicht unbekannt, denn seit seinem zwanzigstem Lebensjahr hatte er gelegentlich dieselben Schmerzen an beiden Schläfen seines Kopfes mit gleichzeitigen Visionen und Bildern die er nie interpretieren und verstehen konnte.

Er verheimlichte das seit zwei Jahren vor seiner Familie und allen anderen,
weil er Angst hatte, schwach und geistig labil eingestuft zu werden.

Er sagte zu der Pilotin: "du musst älter als zwanzig sein, denn bei mir fingen diese Schmerzen vor zwei Jahren an mit verschiedenen Bildern vor meinen Augen, die ich mir nicht erklären kann, woher sie kommen und was sie bedeuten".

Die Pilotin fragte ihn: "Was weißt du darüber, du bist der einzige Mensch, den ich getroffen habe, der das Gleiche durchlebt wie ich auch, sag es mir, woher kommen diese Schmerzen".

Bhhariit erzählte ihr, das er darüber nichts weiß, und das er immer wieder schnell wechselnde Bilder sieht, von einem riesigen schwarzen Objekt im Weltall.

Und jedes Mal sechs Sterne, irgendwelche Planeten, verschiedene Menschen und andere Kreaturen.

Aus irgendeinem inneren, unerklärlichen Gefühl fing die Pilotin an Bhhariit zu vertrauen.

Sie nahm die Waffe runter, steckte sie in den Halfter, und sagte das diese Visionen tatsächlich mit zwanzig bei ihr anfingen.

Und sie dieselben Bilder, wie Bhhariit sie beschrieb, seit einem Jahr ständig sieht, mit manchmal unerträglichen Schmerzen.

Und sie fügte noch hinzu: " ich habe irgendwie das Gefühl das meine Amme, die mich aufzog, etwas darüber weiß, aber mir nichts erzählen möchte, und übrigens, ich heiße Dheyhliin, du kannst mich Dy nennen".

"Ich bin Bhhariit" erwiderte er.

" ich nenne dich Bhhar, klingt vernünftiger" sagte sie.

Bhhariit runzelte seine Stirn, aber das schien ihm nicht wichtig zu sein.

Er fing gleich an zu erzählen, wie er es geschafft hat durch den Energieschild zu fliegen und das sein Vater ständig nach irgendwelchen Steinen in den südlichen Gegenden der Welt suchen lässt.

Wer sein Vater ist, behielt er noch für sich.

Dheyhliin schlug vor das sie sich an dieser Stelle wieder treffen sollten, denn sie wollte Bhhariit zu ihrer Amme bringen und ihr sagen das er auch die gleichen Bilder wie sie sieht.

Vielleicht erzählt sie dann, was dies alles bedeutet, so dachte sie.

Bhhariit konnte nicht abwarten und war sehr ungeduldig, denn er hoffte endlich Antworten zu bekommen auf die jahrelangen Qualen, die ihn beschäftigten.

Er sagte: "warum gehen wir nicht gleich zu deiner Amme, ich kann dich mitnehmen, so brauchst du auch nicht die ganze Strecke zu Fuß laufen",

"in Ordnung" sagte Dy, denn genau das hatte sie erhofft, konnte ihn aber, aus Stolz, nicht fragen.

Sie flogen in Richtung einer leicht beleuchteten Kleinstadt.

Aus der Luft sah Bhhariit das sich in der Mitte der Stadt viele Menschen versammelt haben. Sie aßen, tranken, lachten, tanzten und waren glücklich.

Bhhariit fragte: " was ist das für eine Versammlung, was machen die Menschen da ?".

Dheyhliin antwortete:" Die Menschen feiern ein Fest und lenken sich dadurch von den Qualen des Lebens ab.

Hast du noch nie eine Feier gesehen ?".

Bhhariit: "bei uns gibt es so was nicht, das ist verboten, auch das Lachen und Vergnügen ist verboten ".

Dheyhliin: "das wundert mich nicht,
bei euch Nordlern gab es noch nie etwas zum Lachen".

Sie landeten etwas außerhalb auf einer Lichtung, neben einem unscheinbaren Haus.

Die Thunjjets waren Senkrechtstarter,
daher benötigten sie keine Landebahnen.

Die Amme von Dheyhliin wartete schon sehr ungeduldig und voller Sorge vor der Veranda des Hauses.

Als sie zum Haus liefen rief Dy ihrer Amme zu, "Amhiinaah, ich bin wieder zurück" sie rannte zu ihr und sie umarmten sich.

Die Amme war wütend und fragte Dy warum sie über Funk nicht geantwortet hat.

Dy erklärte ihr alles und auch wie sie Bhhariit traf.

Als die Amme Bhhariit sah, zuckte und erstarrte sie für kurze Zeit, als ob sie ahnte wer er ist und woher er kommt.

Tatsächlich wusste sie es.

Durch ihre Gedanken schossen die Worte: "endlich beginnt die Prophezeiung sich zu erfüllen".

Die Prophezeiung besagt, dass das Höllenfeuer, welches Dharkhiin mit 22 hat entfachen lassen, durch einen Mann im selben Alter gelöscht werden würde.

Sie sagte dann: "freut mich dich kennenzulernen Bhhariit, du kannst mich auch Amhiinaah rufen, kommt herein und esst ein Teller Suppe".

Sie liefen alle ins Haus, Bhhariit und Dheyhliin setzten sich ans Tisch und die Amme begann ihnen Suppe zu bringen.

Dy sagte:" Amhiinaah bitte setz dich zu uns, wir haben keinen Hunger, es gibt etwas sehr wichtiges was wir dir erzählen müssen".

Bhhariit hatte schon Hunger, aber das war ihm jetzt nicht mehr wichtig

Er konnte nicht abwarten, mehr über die Visionen zu erfahren.

Die Amme ahnte es schon, setzte sich auch zu den beiden ans Tisch und sprach zu Bhhariit: "du siehst auch die selben Visionen und Bilder wie Dy, stimmst ?, und du siehst auch deinem Vater sehr ähnlich".

Bhhariit war verblüfft, und wollte gerade fragen: "woher ....".

Die Amme unterbrach ihn und sagte: " ich kannte deinen Vater, er war ein sehr guter und anständiger Mensch, ich sah wie die Männer von Lord Dharkhiin ihn ermordeten".

Bhhariit verstand nichts mehr und war verwirrt und sagte: " das muss ein Missverständnis sein, sie müssen sich irren, Lord Dharkhiin ist mein Vater".

In diesem Moment sprang Dheyhliin auf, zog ihre Waffe und richtete sie gegen Bhhariit: "Nimm die Hände hoch, du Sohn eines Schlächters, bist du hergekommen um zu spionieren".

Die Amme griff den Arm mit der Waffe von Dheyhliin und drückte ihn herunter, dann erwiderte sie: "beruhige dich Dheyhliin, das ist nicht der Sohn von Lord Dharkhiin".

Dann sprach sie weiter:" nein Bhhariit, das hat man dir nur eingeredet, dein richtiger Vater hieß Bhileiihl und deine Mutter Thellhiiah.

Ich sah wie sie dich im Alter von sechs Monaten als Kleinkind aus den Armen deiner Mutter entrissen, und deine Mutter verschleppten".

Die Amme sprach weiter: "was aus deiner Mutter geworden ist und ob sie noch lebt weiß ich nicht, denn ich bin, am folgenden Tag, mit der Familie von Dheyhliin in Richtung Süden gezogen.

Die Eltern von Dheyhliin, und deine Eltern waren befreundet.

Nach dieser Tragödie mussten wir aus Angst fliehen.

Wenige Monate später wurde die Energiebarriere errichtet.

Dheyhliins Vater Thamaahl starb bei dem Versuch, mit einer kleinen Gruppe, den Aufbau zu verhindern und zu sabotieren.

Dheyhliins Mutter Shinahhra war mit ihr schwanger, zu dieser Zeit.

Sie starb bei der Geburt. Seitdem kümmere ich mich um Dheyhliin".

Dheyhliin sprach: "warum hast du mir, all die Jahre, nie etwas erzählt, von Bhhariit und seinen Eltern und auch das die Bilder und Visionen, die ich ständig sehe, etwas bedeuten".

Die Amme sprach: "ich hatte Angst um dich, dir könne das gleiche Schicksal passieren wie Bhhariit, ich hatte Angst Dharkhiin würde von deiner Geburt erfahren und dich ebenfalls entführen".

Bhhariit sprach: "ist Bhhariit überhaupt mein richtiger Name".

Die Amme sagte: "ja, das ist dein richtiger Name, sie haben ihn nicht geändert".

Und sie erzählte weiter: "deine Eltern und die Eltern von Dheyhliin waren die Hüter der Mhed´huum-Steine, seit Tausenden von Generationen".

Dheyhliin unterbrach: " was sind die Mhed´huum-Steine, du hast mir gegenüber nie etwas von diesen Steinen erwähnt ".

Die Amme: " Dheyhliin, mein Kind, ich konnte das nicht, ich konnte nicht riskieren, das die Steine gefunden und gestohlen werden, hab bitte etwas Geduld, lass mich dir alles erklären ".

Bhhariit sprach: "deshalb ließ mein Va .., ich meinte Dharkhiin ständig nach den Steinen suchen".

Für Bhhariit war alles neu, und unvorstellbar, sein Leben wurde über den Haufen geworfen, alles war eine Lüge. In ihm brodelte langsam Hass und Wut immer stärker auf.

Die Amme erkannte das sofort und sprach: "du musst Ruhe bewahren Bhhariit, ich kann ahnen was in dir vorgeht, aber wir müssen sorgfältig, überlegt vorgehen und unsere nächsten Schritte gut durchdenken".

Dann sprach sie weiter: "Die Mhed´huum-Steine sind nicht von dieser Erde.

Sie sind vor langer Zeit aus einer fremden Welt hierher gebracht worden, wie auch unser Lebensdasein.
Nur wenige wissen davon.

Die Steine wurden behütet und versteckt aufbewahrt.

Zwei Teile bewahrten deine Eltern auf und die anderen zwei Teile die Eltern von Dheyhliin".

Bhhariit fragte: "was bewirken diese Steine, warum haben Dheyhliin und ich ständig diese Bilder vor unseren Augen".

Die Amme erzählte weiter: "wer diese Steine berührt, bei dem fangen, mit Beginn des zwanzigsten Lebensjahres, diese Bilder und Visionen an zu erscheinen, warum das so ist, und warum ab zwanzig, wissen wir nicht.

In den Anfangsjahren ist es mit Schmerzen verbunden, doch diese verschwinden mit der Zeit.

Welche Funktionen diese Steine haben,
hat niemand bisher herausgefunden.

Bei euren Eltern war es genauso, und mit der Zeit versteht man auch das Wort,
Mhed´huum-Stein in den Visionen und das Fremde alles Leben auf unsere Welt gebracht haben.

Und man sieht auch das es nur zwei Stück auf der Erde gibt, die jeweils aus zwei Hälften bestehen.

Wir alle denken, das diese Wesen,
die diese Steine zu uns brachten, irgendwann wieder kommen werden um ihr Eigentum zurückzufordern".

Dheyhliin fragt ihre Amme: "aber Bhhariit und ich haben die Steine nicht berührt,
warum sehen wir dennoch diese Bilder ?".

Die Amme erklärt: "die Visionen werden mit den Genen an die nächste Generation weitervererbt.

So war es immer, von Generation zu Generation.

Ich sah diese Visionen sofort, als ich die zwei Steine von deinen Eltern anvertraut bekam, zur Aufbewahrung.

Seitdem behüte ich sie, wie auch dich, Dheyhliin."

Die Amme sprach weiter, sichtlich besorgt: " leider hat Dharkhiin zwei der Steine von deinem Vater gestohlen Bhhariit, und sucht jetzt nach den anderen zwei".

Bhhariit fragte die Amme: "aus welchem Grund hat mich Dharkhiin entführt als Kind, ich verstehe das nicht ?".

Die Amme daraufhin: "ich könnte mir vorstellen, das er deine Visionen später nutzen wollte, um an die anderen zwei Steine heranzukommen, er glaubte vielleicht das du die Orte der anderen Steine sehen und diese ihm verraten würdest.

Er selber sieht bestimmt auch seit vielen Jahren dieselben Bilder, aber nicht den Ort der anderen Steine.

Bhhariit, dein Vater sagte mir mal, er hätte erfahren das Dharkhiin ein hochkomplexes Gerät bauen ließ um das, mit Hilfe der vier Hälften der Steine, womöglich als Waffe zu benutzen.

So glaubte dein Vater, er war davon überzeugt das es eine Waffe ist,
und das Dharkhiin damit auf eine bestimmte Koordinate im Universum zielen möchte.

Er sprach noch von Resonanzeffekt.
Weiteres habe ich leider nicht verstanden.

Aber wenn man zwei halbe Steine zusammenfügt erscheinen irgendwelche Zahlen und Symbole.

Sind das vielleicht die Koordinaten, die dein Vater meinte ?".

Bhhariit war durch seine Ausbildung technisch sehr bewandert, und ahnte jetzt was Dharkhiin vor hatte.

Er erklärte es der Amme und Dheyhliin: "
mein Gefühl sagt mir das diese Steine so eine Art Kommunikationsvorrichtung sind.

Ich denke das sie ein Raum-Portal zu den Koordinaten öffnen, um mit den Völkern, weit im inneren des Universums, sprechen zu können.

Dharkhiin möchte nicht mit ihnen Kontakt aufnehmen, er möchte mit dieser Waffe durch das Portal einen starken Resograv-Impuls abschießen, der sich dann immer weiter verstärkt, bis fast zur Unendlichkeit.

Durch diesen Impuls werden die Gravimetrischen Wellen in eine Art Resonanz gebracht und vielfach verstärkt.

Kein Stern, kein Planet, Nichts könnte dem Standhalten, alles würde zu Staub zerfallen.

Dharkhiin möchte so zum Alleinherrscher des Universums aufsteigen.

Aber ich befürchte das dieses Vorhaben eine gewaltige Schockwelle, an diesem Ort, auslösen und diese sich kaskadenförmig verstärkend im ganzen Universum ausbreiten, und alles zerstören könnte.

Dharkhiin hat bestimmt nicht soweit gedacht, er erkennt die Gefahr nicht. Das muß ich unbedingt verhindern".

Dheyhliin: "nein, das ist so schrecklich, das müssen wir alle zusammen verhindern".

Bhhariit: "Aber ich glaube, er braucht alle vier Hälften um sein Vorhaben auszuführen, daher sucht er auch nach den anderen zwei Steinen, noch haben wir Zeit".

Plötzlich fiel Bhhariit noch etwas wichtiges ein und sagte zu der Amme: "ich habe mitbekommen wie der engste Vertraute Dharkhiins sagte, er habe in den südlichen Gegenden einen Händler getroffen, der wüsste wo die anderen Steine wären, in zwei Tagen wollten sie sich mit ihm treffen".

Die Amme, sichtlich verängstigt: "dann haben wir nicht mehr viel Zeit, wir müssen von hier weg, an einen sicheren Ort, Dheyhliin pack das notwendigste ein, ich hole die Steine".

Bhhariit sprach: "ich fliege euch in eine andere Gegend, aber ich muß wieder zurück.

Dharkhiin und seine Leute haben noch keine Ahnung das ich alles weiß, ich kann das vielleicht nutzen um die anderen Steine zu finden, oder um das Gerät zu zerstören".

Die Amme entgegnete: " Bhhariit, das ist viel zu gefährlich, du setzt dich einem hohen Risiko aus".

Bhhariit sprach: "ich muss es tun, ich muss es versuchen, ich kann nicht anders".

Die Amme sprach mit eiliger Stimme: " wir müssen los, Dheyhliins Vater hatte früher eine Hütte in den Bergen errichtet, für den Notfall, ich kenne den Weg und werde dich lotsen Bhhariit".

Alle drei liefen zum Gleiter und flogen in Richtung Berge.

Als sie ankamen stiegen die Amme und Dheyhliin aus.

Dheyhliin zu Bhhariit: "ich komme mit dir, zusammen haben wir eine größere Chance die Steine und die Waffe zu finden".

Die Amme, sichtlich geschockt: "
nein, Dheyhliin, das kannst du nicht, wenn sie euch beide ergreifen und einsperren ist alles verloren".

Bhhariit: " Amhiinaah hat recht Dy, das ist momentan noch zu gefährlich und würde nur große Aufmerksamkeit verursachen.

Wenn mir was passiert bist du noch die einzige, die alles weiß und Hilfe holen kann.

Ich lass dir den mobilen Scanner hier,
ich brauche ihn nicht mehr, wie er funktioniert, hab ich dir ja schon erklärt.

Ihr könnt den Scanner benutzen, falls ihr fliehen müsst und könnt durch die Barriere laufen.

Amhiinaah, ich würde noch gerne die Material-Signatur der Mhed´huum-Steine in meinem Hand-Dhicoder speichern.

Um die anderen Steine zu finden, muss ich nur nach der gleichen Signatur suchen".

Amhiinaah rief Bhhariit in einen speziellen abgeschirmten Raum der Hütte und holte den Behälter der Steine heraus, der ebenfalls von den Sensoren der Satelliten Dharkhiins nicht durchdrungen werden konnte.

Bhhariit erfasste die Signatur der Steine in seinem Dhicoder, verabschiedete sich und sagte: " ich komme wieder, mit den anderen Steinen zurück ".

Dheyhliin erfasste innerlich eine gewisse Skepsis und Angst. Sie und ihre Amme wünschten ihm viel Glück.

Er lief zu seinem Gleiter und flog wieder zum Hauptpalast.

Da es immer noch Nacht war, bemerkte niemand seine Ankunft, so dachte er.

Jedoch Kheshviin, sein Bruder, sah ihn wie er landete und vom Hangar heraus kam.

Am Morgen des nächsten Tages begann Bhhariit mit der Suche nach den Steinen und der Waffe.

Er suchte zuerst die Umgebung des riesigen Palastes ab, als er nicht fündig wurde, scannte er im Hauptpalast Ebene für Ebene, Raum für Raum ab, aber sein Dhicoder zeigte nichts an.

Als er zu den unterirdischen Gewölben kam, fiel ihm ein großes Wandregal mit alten Büchern auf.

Direkt vor dem Regal, auf dem Boden, sah er frische, kreisförmige Schleifspuren.

Es war offensichtlich das die Regalhälften öfter verschoben wurden.

In diesem Bereich des Palastes war er sehr selten.

Denn jedes Mal wenn er als Kind oder Jugendlicher hier runter kam, lief ihm ein kalter Schauer über den Rücken,
und außerdem wusste er das hier der Nahrungsvorrat von den Bediensteten aufbewahrt wurde.

Er begann am Regal nach einem Öffnungsmechanismus zu suchen und fand es auch.

Als er es betätigte, öffneten sich die zwei Regalhälften und dahinter verbarg sich, ein, mit einem Zahlencode verschlossenes, Stahltor.

Der Raum dahinter hatte eine Abschirmung, er konnte nicht hineinscannen,
und dachte das er endlich den Ort gefunden hat, wo die Waffe oder die Steine versteckt wurden.

Durch seine Kenntnisse in der Software-Programmierung, war es für Bhhariit keine große Mühe mit seinem Dhicoder den Code auszuhebeln.

Trotzdem kam ihm das etwas merkwürdig vor, wie leicht er das Schloss knacken konnte.

Das Tor öffnete sich, und als er den großen Raum betrat, rief plötzlich eine weibliche Stimme aus der Ferne: "wer ist da, was wollt ihr von mir, Zheehiihra, bist du das".

Bhhariit lief in Richtung der Stimme und sah eine ältere Frau, eingesperrt in einem vergitterten Raum, und antwortete:"
wer sind sie, wieso hält man sie hier gefangen ?".

Sie antwortete: "Viele Jahre bin ich schon hier, ich weiß nicht mehr wie lange, ich weiß nicht mehr wie mein Name ist.

Zheehiihra hat mich, vor langer Zeit hier eingesperrt. Wer bist du, was machst du hier".

Bhhariit: "ich suche nach einer Waffe, und dachte sie wäre in diesem Raum, aber hier ist nichts ".

Die alte Frau: "ich bin hier, beleidige mich nicht Junge, bin ich vielleicht Nichts ?".

Bhhariit sichtlich beschämt: " Tut mir Leid, ich entschuldige mich, so meinte ich das nicht, liebe Frau, wieso sind sie hier ? ".

Die alte Frau: "ich weiß nicht aus welchem Grund ich hier bin, aber Dharkhiin hat mir mein Kind genommen, und sagte er wäre an einer Krankheit gestorben, aber mein Herz fühlt das mein Sohn noch lebt.

Ich habe mich all die Jahre so an das Leben geklammert in der Hoffnung ihn wieder zu sehen, meinen Bhhariit wieder zu sehen ".

Bhhariit stockte der Atem, er bekam kein Wort mehr raus.

Seine Tränen liefen aus seinen Augen, in ihm entfachte sich ein Wirbelsturm an Gefühlen, aus Glück, Mitleid, Freude, Trauer, Hoffnung und vieles mehr.

Es dauerte eine Weile bis er sagen konnte: " Mutter bist du es, mein Name ist Bhhariit, bist du meine Mutter ?".

Die alte Frau konnte es nicht fassen, und bei ihr kamen auch Tränen voller Hoffnung.

Sie fragte: " mein Sohn, bist du das, bist du mein Bhhariit. Mein Bhhariit hatte einen sternförmigen Muttermal am rechten Oberarm".

Bhhariit zeigte ihr die Stelle mit dem Mal und sie umarmten sich in Tränen.

Neben seiner unheimlich großen Freude und Glückseligkeit, überkam Bhhariit ungeheuer große Wut, auf seine Ziehfamilie.

Seine Mutter fasste Bhhariit mit ihren Händen an seine Wangen: "du bist so groß geworden, und du siehst deinem Vater ähnlich, wie alt bist du, mein lieber Sohn ?".

Bhhariit: "ich bin 22, Mutter".

Seine Mutter: "so lange bin ich schon hier". Dann umarmte sie wieder Bhhariit.

Zheehiihra hatte Bhhariits Mutter damals eingesperrt, als mögliches Druckmittel, um später von Bhhariit den Ort der anderen Steine erpressen zu können.

Bhhariit brach die Zellentür auf und befreite seine Mutter, er sagte: " Amhiinaah hat mir alles erzählt, was mit dir und Vater und auch mit den Eltern von Dheyhliin geschehen ist.

Auch die Geschichte der Mhed´huum-Steine hat sie uns erklärt.

Die ganzen Jahre hat man mich im Glauben gelassen, Dharkhiin und seine Sippe wären meine Familie ".

Seine Mutter: " Amhiinaah lebt, den Göttern sei Dank. Wer ist Dheyhliin ?".

Bhhariit: " sie ist die Tochter von Thamaahl und Shinahhra ".

Seine Mutter: "ach sie haben eine Tochter bekommen, ich kenne die zwei, das sind gute Menschen, sind sie alle wohlauf ?".

Bhhariit: "nein Mutter, beide sind gestorben, und Amhiinaah hat Dheyhliin großgezogen, und die Mhed´huum-Steine aufbewahrt.

Mutter dein Name ist Thellhiiah ".

Seine Mutter: " Thellhiiah, diesen Namen habe ich schon sehr lange nicht mehr gehört".

Dann umarmte sie wieder Bhhariit: "danke mein Sohn".

Bhhariit: "Mutter, wir müssen los, lass uns von diesem schrecklichen Ort weggehen".

Gerade als sie loslaufen wollten,
kam Zheehiihra mit Kheshviin und fünf bewaffnete Soldaten herein.

Was Bhhariit nicht wusste und nicht ahnen konnte.

Zheehiihra, seine Ziehmutter, beobachtete ihn schon seit einiger Zeit durch getarnte Kameras.

.

Sie gab die komplizierte Entschlüsselung der Torverriegelung frei, so dass Bhhariit leichtes Spiel hatte reinzugehen.

Sie wollte das Bhhariit den Raum betritt.

Kheshviin hatte seiner Mutter von dem nächtlichen Ausflug von Bhhariit erzählt.

Sie ließ daraufhin die gespeicherten Flugdaten, von dem Gleiter, das Bhhariit benutzte, überprüfen und war misstrauisch geworden, und überwachte seither Bhhariit heimlich.

Zheehiihra: "Wie süß, Mutter und Sohn wieder vereint, wohin wolltet ihr denn so eilig.
Euer Weg endet hier.

Ihr bleibt hier so lange gefangen und am Leben, wie mein Gemahl die Waffe abgefeuert hat, erst danach werdet ihr hingerichtet".

Bhhariits Mutter: " Zheehiihra, du widerwärtige, böse Schlange.

All die Jahre hast du und dein Mann mich belogen und behauptet Bhhariit wäre gestorben.

Ich wusste das es nicht stimmt".

Bhhariit: " Kheshviin, dein Vater wird mit Hilfe der Waffe das ganze Universum zerstören, er weiß es nur nicht.

Hilf mir bitte ihn zu überzeugen das er es nicht anwenden darf.

Der Resograv-Impuls wird alles Leben im Weltall zerstören".

Kheshviin:" du bist ein Lügner, du hast mit deiner heimlichen Tour ins feindliche Lager dich mit ihnen verbündet, gegen uns, ihr plant wohl uns zu stürzen.

Aber daraus wird nichts, du hast dich verzettelt.

Vater wird mit der Waffe das ganze Weltall erobern.

Er wird den ganzen Himmel rotfärben.

Die zwei anderen Steine sind gefunden,
und auf dem Weg hierher.

Ihr wurdet gesehen wo ihr gelandet seid.
Wir wussten jederzeit Bescheid,
von eurem Aufenthaltsort ".

Der Händler, der sich mit Khavaahk und Dharkhiin treffen wollte, hatte zur Sicherheit einen seiner Leute zum Haus von Amhiinaah und Dheyhliin geschickt um sie beobachten zu lassen.

Er wollte kein Risiko eingehen falls Dharkhiin persönlich auftaucht.

Denn er hatte zu große Angst vor Dharkhiin. Sein Schicksal und die seiner Familie wären besiegelt gewesen, falls er nicht das einhält was er versprochen hatte.

Als Bhhariit und Dheyhliin mit dem Gleiter gelandet waren, hatte dieser Spion unbemerkt einen Peilsender an dem Flugzeug angebracht.

In Bhhariits Gedanken waren nur noch Amhiinaah und Dheyhliin, und er betete innerlich zu den Göttern das ihnen nichts passiert ist.

Die Schergen von Lord Dharkhiin hatten Amhiinaah ausfindig gemacht und sie verhaftet.

Die Mhed´huum-Steine fanden sie auch. Doch Amhiinaah war innerlich sehr erleichtert das Dheyhliin die Hütte bereits vorher verlassen hat und nach Hilfe suchen wollte.

Bhhariit: " Zheehiihra, Kheshviin, ihr macht einen großen Fehler, das wird uns alle vernichten, bitte hört mir doch zu".

Bhhariit und seine Mutter wurden beide, in einer Nachbar-Zelle gemeinsam eingesperrt.

Zheehiihra: " hier wird euch niemand hören und finden".

Zheehiihra ihr Sohn und die Wachen verließen den Raum, und verschlossen das Außentor.

Bhhariit sagte zu seiner Mutter: "
Mutter, Dharkhiin möchte eine Waffe benutzen, mit Hilfe der Mhed´huum-Steine, um das Universum zu erobern, so denkt er, aber das wird alles Leben im All auslöschen".

Seine Mutter: " Gott, was hat sich der kranke Mistkerl da wieder ausgedacht, wie kommen wir hier wieder raus".

Bhhariit: "ich weiß es nicht Mutter, wir sind alle verloren".

In diesem Augenblick fiel Bhhariit etwas ein was Kheshviin vorhin sagte.

Bhhariit: "Mutter, Kheshviin sagte vorhin, sein Vater wird den ganzen Himmel rotfärben.

Ich glaube, ich weiß wo die Waffe ist.
Die Satelliten, die den Schildring erzeugen, sind die Waffe.

Dharkhiin wird die vier Hälften der Mhed´huum-Steine, in gleichen Abständen, rund um den Schild an vier umgebauten Satelliten, die eine Initialisierungs-Vorrichtung haben, anbringen.

Dadurch wir der Resograv-Impuls noch stärker gebündelt und verstärkt.

Aber die Auflade-Zeit wird eine Weile brauchen.

Seine Mutter: "wie können wir das aufhalten, mein Sohn, kennst du einen Weg ?".

Bhhariit: "Die Satelliten-Steuerzentrale, weit außerhalb des Palastes, da wird er den Vorgang einleiten.

Ich bin wirklich ein sehr dummer Idiot, ich hätte das wissen müssen.

Wieso bin ich nicht gleich darauf gekommen. Mutter, ich bin schuld am Tod aller Lebewesen im All".

Seine Mutter: " quäl dich nicht so, mein lieber Bhhariit , das hätte niemand ahnen können.

Du bist ein lieber und gutherziger Junge. Demjenigen der dich dummer Idiot genannt hat werde ich die Federn ausrupfen".

In diesem Augenblick öffnete sich abermals das Außentor.

Die Wachen brachten Amhiinaah herein, und sperrten sie zu Bhhariit und seiner Mutter, mit in den Arrestraum.

Bhhariits Mutter: " Amhiinaah, den Göttern sei Dank, geht es dir gut, so lange ist es her".

Amhiinaah: " Thellhiiah, es ist auch gut dich zu sehen. Ich habe dich gesehen wie sie dich weggezerrt haben, ich hatte sehr große Angst um dich.

So lang hat man dich hier also eingesperrt, ich kann mir denken warum.

Jetzt bist du auch hier Bhhariit, ich hab dir gesagt das du dich in Gefahr bringst".

Bhhariit: " Amhiinaah, was ist mit Dheyhliin ?".

Amhiinaah: " ich weiß es nicht, sie ist gegangen und wollte Verbündete, die helfen könnten, suchen, bevor die Leute von Dharkhiin gekommen sind.

Die Steine haben sie mir weggenommen.
Wie haben die uns nur gefunden ".

Bhhariit: "jemand muß einen versteckten Peilsender am Gleiter angebracht haben.

Sie wussten jederzeit wo wir sind, und mit den zwei anderen Steinpaaren kann Dharkhiin nun seine Waffe aktivieren.
Amhiinaah, die Satelliten sind die Waffe ".

Amhiinaah: "die Götter mögen uns beschützen".

Inzwischen hat Dheyhliin nicht nur Verbündete getroffen, denn die hatte sie bereits schon.

Sie traf sogar eine Menge Freiwillige, die sich der Befreiung angeschlossen haben.

Sie war die Anführerin der südlichen Rebellen.
Nicht mal ihre Amme hatte das gewusst.

Mit dem Hand-Scanner, den Bhhariit ihr überließ, bevor er wegflog, konnte Dheyhliin alle noch funktionsfähigen Thunjjets,
die sie noch hatten, samt Piloten und Crew scannen, und bereitete eine große Offensive gegen Dharkhiins Truppen vor.

Ihr Leben lang hatte sie versucht einen Weg
zu finden, das Energiefeld zu zerstören,
die grausame Teilung der Welt zu vernichten,
um das zu Vollbringen was ihr Vater anfing
und dabei sein Leben ließ.

Sie wollte immer ihren Vater und ihre Mutter
ehren, und ihnen Frieden bringen,
die sie beide nie gesehen hatte.

Anfangs im Haus von Amhiinaah, heftete sie
an Bhhariit einen winzigen, kaum sichtbaren
Trakkh-Sender an, der besonders starke
Signale entsandte.

Obwohl sie keine schlechten Gefühle
gegenüber Bhhariit hegte, war sie dennoch
vorsichtig, besonders Leuten aus dem
Norden.

Inzwischen ließ Lord Dharkhiin alle Steine an
den vier Abschuß-Satelliten anbringen,
und war auf dem Weg zur Steuerzentrale um
die Waffe zu starten.

Den Großteil, der Bewachung des Palastes
ließ er abziehen um die Satelliten-
Steuerzentrale zu schützen.

Denn mit einem Angriff von der Süd-Erde konnte er nicht rechnen, auch nicht damit das sie im Besitz eines Hand-Scanners sind.

Dheyhliin sprach noch ein paar Worte zu ihrer Truppe, bevor alle starteten: "freie Menschen der Erde, wir werden in Kürze gegen etwas so Böses antreten, das es in dieser Form auf dieser Welt noch nie gegeben hat.

Wir ziehen in eine Schlacht in der wir versuchen werden, nicht nur uns zu befreien, sondern alles Leben in diesem Universum.

Alles hängt von diesem Überraschungsangriff ab. Wenn es fehlschlägt, wird es nichts mehr geben".

Dann schrie sie laut den Schlachtruf aus:
" Ehre entspringt unserer Seele, Verstand aus dem reinen Geist ".

Die ganze Truppe schrie ihr hinterher:
" Ehre entspringt unserer Seele, Verstand aus dem reinen Geist ".

Sie stiegen alle in ihre Gleiter und flogen zusammen los, in Richtung Barriere.

Dheyhliin betete innerlich zu den Göttern, das Bhhariit hoffentlich Recht hatte, und das der Schild ihnen allen eine Durchgangspassage öffnet.

Sonst ist alles verloren, schoss durch ihre Gedanken.

Ihre Befürchtungen sollten sich grausam bewahrheiten.

Dharkhiin fiel plötzlich ein was seine Frau ihm vor kurzem erzählt hatte, vom Ausflug Bhhariits.

Er hatte das verdrängt im Eifer des Glückgefühls endlich die Waffe abfeuern zu können, endlich die All-Macht zu erhalten.

Sofort rief er im Palast an und befahl die Frequenz der Scanner zu ändern und in den Computer einzugeben.

Einer der Mitarbeiter in der Zentrale fing mit der Prozedur an und begann mit der Frequenzänderung.

Die Truppe von Dheyhliin erreichte inzwischen die Energiebarriere.

Dheyhliin flog zuerst durch, um zu sehen ob es klappt.

Als sie durchflog, folgten ihr die anderen. Die Freude und Erleichterung sah man ihr natürlich an.

Die meisten flogen gleichzeitig durch, um keine Zeit zu verlieren.

Als letzter blieb Dheyhliins engster Kampfgefährte und Freund Faahriith, der die Nachhut bildete und der darauf achtete das alle sicher durch den Schild flogen.

Als er selbst durchfliegen wollte, wurde gerade die Frequenzänderung in den Computer eingegeben.

Sein Gleiter zerschellte an der Mauer.

Dheyhliin schrie seinen Namen in Tränen. Damit hatten sie nicht gerechnet, damit hatte niemand gerechnet.

Faahriith war nicht nur ein guter Freund von Dheyhliin, sondern auch ihr Mentor, ein guter Kämpfer und der Ausbilder der meisten in der Kampftruppe.

Es war ein schwerer Schlag für alle.
Jedem blutete sein Herz und seine Seele.

Dheyhliin fasste sich einigermaßen und sprach zu allen Gleitern über Funk:
"wir werden unseren Freund Faahriith und seinen Begleitern gedenken, wenn wir den Teufel Dharkhiin und seine Bande von diesem Planeten weggefegt haben".

Alle hatten eine große innerliche Wut
und waren umso mehr motiviert.

Dheyhliin hatte den Ort von Bhhariit angepeilt, und sah auf dem Schirm das er im inneren eines sehr großen Gebäudes war.

Sie glaubte das er die Waffe gefunden hat und dabei wäre diesen auszuschalten oder zu zerstören, oder das er möglicherweise arretiert wurde, was sie nicht hoffte.

Sie gab allen durch, dorthin zu fliegen.
Kurz vor dem Ziel, kam ihnen Abwehrfeuer entgegen.

Bevor sie alle ausschalten konnten, verloren sie zwei weitere Gleiter.

Sie landeten alle auf der großen Lichtung vor dem Palast.

Die wenigen Wachen die vor Ort waren, überwältigten sie ohne große Mühe.

Dheyhliin lief sofort mit einer Begleitmannschaft, das Peilgerät in der Hand, zum Aufenthaltsort von Bhhariit.

Sie kamen in den unteren Gewölben an, sahen das Regal und zertrümmerten es mit ihren Handfeuerwaffen.

Denn das Signal wurde immer stärker und kam aus dem Raum dahinter.

Dheyhliin brachte Sprengsätze am Tor an, und alle gingen in Deckung.

Die Detonation verursachte eine Öffnung das groß genug war hindurch zu laufen.

Als Amhiinaah, Bhhariit und seine Mutter das Feuergefecht von Außerhalb hörten, dachten sie zunächst es gäbe ein Aufstand gegen die Soldaten von Dharkhiin.

Nicht im geringsten konnten sie ahnen,
dass es die Befreiungsarmee des Südens ist.

Als das Außen-Tor gesprengt wurde, riefen alle in guter Hoffnung: " Hallo, wir sind hier".

Aber mit Dheyhliin selbst hatten sie am wenigsten gerechnet.

Als Dheyhliin Amhiinaah sah, war sie überglücklich, schrie ihren Namen,
zerstörte das Schloss der Zelle und umarmte ihre Amme.

Amhiinaah: " Dheyhliin, mein Kind, ich bin überglücklich dich zu sehen.

Meine Gedanken waren immer bei dir,
wie hast du uns gefunden, wie bist du hier her gekommen".

Dheyhliin: "geht es euch allen gut".

Sie nickten alle: "jetzt schon" sagte Bhhariit. Und fügte noch hinzu: " Dheyhliin, das ist meine Mutter, sie wurde hier über zwanzig Jahre festgehalten".

Dheyhliin: "freut mich sehr sie kennenzulernen und das sie wohlauf sind".

Bhhariits Mutter: "danke mein Kind, für die Befreiung, du bist genauso mutig, wie deine Eltern".

Dann erzählte Dheyhliin das sie viele mutige Freiwillige gefunden habe, die kaum abwarten konnten gegen Dharkhiin vorzugehen,
und das der Scanner von Bhhariit sehr hilfreich war.

Jedoch mussten sie einen sehr hohen Preis zahlen, um bis hierher zu kommen.

Dheyhliin: "das du im Gefängnis landest, Bhhariit , hätte ich mir fast denken können, du dummer Idiot.
Wo ist die Waffe, hast du was in Erfahrung bringen können ?

Dann entfernte sie den Sender, der an Bhhariit immer noch haftete, er war etwas verwirrt aber glücklich.

Amhiinaah lächelte und wusste nun Bescheid, wie Dheyhliin sie alle fand.

Bhhariits Mutter sagte leise vor sich hin: " Na, das rupfen lass ich doch lieber sein, sie hat meinen Bhhariit gern ".

Bhhariit: "die Waffe sind die Satelliten, Dheyhliin.

Dharkhiin müsste schon alle Steine angebracht haben und braucht nur noch den Startknopf zu drücken um den Ladevorgang zum Laufen zu bringen.

Die Satelliten-Steuerzentrale ist ungefähr 500 Kilometer von hier entfernt.
Wir müssen uns beeilen, aber ihr müsst vorsichtig sein.

Er wird eine sehr große Anzahl von Soldaten dort bereithalten und viele Abwehrgeschütze".

Dheyhliin: "gehen wir".

Als alle aus dem Palast herauskommen, jubeln die Kampfgenossen Dheyhliin zu.

"es lebe die Kommandantin, es lebe die Kommandantin ".

Dheyhliin: "bitte hört mir alle zu, wir haben die Waffe noch nicht zerstört, sie ist nicht weit von hier.

Es ist noch nicht zu Ende, der Krieg beginnt erst noch. Lauft zu euren JJets und folgt mir".

Amhiinaah etwas verärgert aber auch Stolz: " Dheyhliin, darüber sprechen wir noch, wenn alles vorbei ist ".

Dheyhliin und ihre Mannschaft laufen mit Amhiinaah, Bhhariit und seiner Mutter zum Thunjjet.

Sie starten und fliegen in Richtung Steuerzentrale, den Bhhariit natürlich kennt.

Als sie dort ankommen, ist kein Abwehrfeuer vorhanden und kein einziger Soldat vor Ort.

Sie landen alle, kommen aus ihren Gleitern und laufen in Richtung Zentrale.

Dheyhliin: " Bhhariit, bist du sicher das wir hier richtig sind, hier ist weit und breit kein Mensch".

Bhhariit: " ich bin natürlich sicher, aber ich kann mir das auch nicht erklären".

Alle laufen in Richtung Eingang, als aus dem Nichts plötzlich eine große Armee auftaucht und ihre Waffen auf Dheyhliin und ihre ganze Truppe richten.

Die neueste Errungenschaft von Dharkhiin, die er für sich behielt, nicht einmal seine Familie wusste davon, von den Tarnanzügen der Soldaten.

Die Rebellen waren in die Falle geraten.
Alle legten ihre Waffen ab und ergaben sich.

Dharkhiin hatte von dem Angriff auf den Palast erfahren und war vorbereitet.

Er befahl nun Bhhariit, seine Mutter, Dheyhliin und Amhiinaah in den Zentralraum zu bringen. damit alle sehen konnten wie er selbst die Waffe abfeuert.

Natürlich war bei Dheyhliin und Bhhariit und den anderen alle Hoffnung zerstört,
nicht einmal an ein Wunder glaubten sie noch.

Dharkhiin: " nun könnt ihr miterleben wie ich meine Macht ins grenzenlose steigere".

Der Aufladevorgang war bereits abgeschlossen, und nun wollte er den Impuls freigeben.

Da passierte etwas mit dem nicht einmal Dharkhiin rechnete.

Khavaahk sein engster Vertrauter zog seine Waffe und feuert auf Dharkhiin.

Dieser hatte auch einen neuen Anzug, doch seiner war mit einer Energie-Schildvorrichtung bestückt, der sich automatisch aufbaute, bei Beschuss.

Ein Prototyp, von dem nicht mal Khavaahk wusste.

Seine Soldaten damit auszurüsten war gerade in Planung.

Der Schuss prallte von Dharkhiin ab, und einer der Wachen seiner Leibgarde schoss auf Khavaahk, der zu Boden fiel.

Bhhariit schrie: "Khav", und rannte zu ihm.
Vor ihm kniend hielt er seinen Kopf und sagte:
"Khav, bleib ruhig liegen, es wird alles gut,
du wirst wieder gesund, warum hast du das
nur getan ".

Khavaahk im Sterben liegend: " Bhhariit, hör
mir zu, ich habe damals deinen Vater getötet,
Dharkhiin befahl es mir, er hatte mich und
meine Familie in der Hand.

So erzwang er von allen die Loyalität,
er drohte sonst die Familienmitglieder
ermorden zu lassen, ich wollte das wieder
gutmachen,
Bhhariit verg ....".

In diesem Moment starb Khavaahk.

Bhhariit: " ich vergebe dir, alter Freund".

Dharkhiin: "wie rührend, na dann können wir
ja weitermachen".

Er drückte den Starknopf, die Waffe ging los
und der Resograv-Impuls wurde freigegeben.

Vier rote Impuls-Strahlen kamen aus der Abschuß-Vorrichtung um sich weit außerhalb der Erde zu einem Strahl zu bündeln.

Gerade als sich der Subraum-Tunnel begann sich zu öffnen, kam aus der Gegenrichtung ein dunkles, kegelförmiges Objekt aus dem Nichts heraus.

Von seiner Spitze aus kam ein bläulicher Strahl der genau an der Stelle traf, wo sich gerade die vier Impulsstrahlen bündeln sollten.

Mit einer enorm großen Explosion und lautem Knall, löschten sich die Strahlen gegenseitig aus.

Die Elhaa´lihk waren eingetroffen, im genau richtigem Zeitpunkt.

Sekundenbruchteile später wäre alles vorbei gewesen.

Unbewusst hatte die Aktion von Khavaahk den Elhaa´lihk genügend Zeit gegeben um rechtzeitig einzutreffen.

Durch den Aufladevorgang des Resograv-Impulses hatten die Mhed´huum-Steine angefangen zu schwingen und kurzzeitige Miniatur-Raumtunnel erzeugt, durch die, Signale, ins Zentrum des Universums, durchdrangen.

Der Grund war das die Steine nicht richtig kalibriert wurden.

Die Elhaa´lihk hatten diese Signale registriert und erkannten gleich die Gefahr.

Sie mussten sich aber auch gleich um eine andere, sehr große Bedrohung, kümmern.

Denn, im Erdinneren war eine unsterbliche Entität eingesperrt, mit solch böser Natur, das sich sogar die Elhaa´lihk, selbst vor ihr fürchteten.

Sie nannten es Esh´harij, das unendlich Böse.

Als die Elhaa´lihk das Weltall, die Materie, die Zeit und das Leben erschufen, welches sich harmonisch und friedlich entwickelte, manifestierten sich immer, als Gleichgewicht zum Friedlichen und Guten, die finsteren, seelenlosen Entitäten, die Esh´harij.

Die Elhaa´lihk konnten nichts dagegen tun um das verhindern.

Dies war ein Gesetz der Existenz.
Sie sind halb Materie-, halb Energiewesen in fast durchsichtiger Erscheinung.

Den Elhaa´lihk blieb nur die Wahl, sie zu bekämpfen.

Es war immer sehr schwierig sie im Universum aufzuspüren.

Sie waren Meister der Täuschung und konnten jede beliebige Gestalt und Form annehmen..

Sogar als Hintergrundstrahlung konnten sich die Esh´harij tarnen.

Die Esh´harij beeinflussten alles Leben derart dass sich die Lebewesen jedes Mal selbst vernichteten.

Sie kamen aus dem Nichts, drangen mit ihren mentalen Kräften in die Köpfe der Lebensformen ein und erzeugten negative Verhaltensweisen wie Habgier, Neid, Hass und Wut.

Zweimal haben die Elhaa´lihk den Kampf gegen sie verloren.

Zweimal mussten sie ihre ganze Schöpfung zerstören damit alle Esh´harij wieder endgültig verschwinden.

Denn ohne jedwedes Leben haben sie keine Berechtigung mehr zu existieren.

Unser Weltall ist die dritte Schöpfung der Elhaa´lihk.

Sie haben jedoch aus ihren vorherigen Fehlern viel gelernt und entwickelten eine Methode die Esh´harij leichter aufzuspüren und mit einem subdimensionalen Leitstrahl in eine Isolations-Kammer einzusperren.

Denn, sie konnten diese grausamen Wesen nicht eliminieren.

Die Vorrichtung des subdimensionalen Leitstrahls öffnet einen Raum-Zeit-Tunnel, erfasst den Esh´harij, der keine Möglichkeit mehr hat zu fliehen, auch wenn es sich in Höhlen innerhalb von Asteroiden befand, und teleportiert diesen in seine Zelle.

Die Kammern hatten eine besondere Umhüllung aus einem spezifisch angepasstem Element und waren umhüllt mit künstlicher Lebensenergie, an der sich die Esh´harij nun verzehrten.

Sie konnten nun dem Leben im Universum nicht mehr schaden.

Und auch das Gleichgewicht der Existenz wurde dadurch nicht gestört.

Die Elhaa´lihk hatten alle Esh´harij im neuen Weltall gefangen, so glaubten sie.

Eines, aber, hatten sie übersehen.

Vor Milliarden von Jahren, als die Erde sich formierte, wurde dieser letzte Esh´harij im Erdkern mit eingeschlossen.

Sie war damals schwach, unbeholfen und konnte sich nicht mehr befreien.

All die vielen Jahre war sie in einer Hohlkammer eingesperrt, das von einer besonderen Materialschicht umhüllt war, welches auf der Erdoberfläche nicht vorkam.

Dadurch konnten die Elhaa´lihk das Wesen nicht aufspüren.

Dies machte aber dem Esh´harij auch unmöglich, sich zu befreien.

Als die ersten Lebewesen sich entwickelten, hatte das Esh´harij, durch seine starken mentalen Kräfte, großen Einfluss auf das Verhalten vieler Lebewesen, somit auch auf die Evolution.

Es schürte in den Köpfen der Lebensformen Angriffslust, Territorialverhalten und Grausamkeit, damit sie sich gegenseitig bekämpfen und vernichten.

Das war die Nahrungsgrundlage der Esh´harij. Sie nährten sich durch die negativen Verhaltensweisen wie Hass und Grausamkeit.

Je mehr Angst und Verzweiflung auf der Erde herrschte, desto mehr Nahrung erhielt es.

Die ersten Lebewesen auf der Erde waren Pflanzenfresser, das sollte auch so weitergegeben werden.

Dies sah die natürliche Evolution so vor,
die Evolution der Elhaa´lihk.

Alle Tiere und humanoiden Lebewesen,
im gesamten Universum, nehmen pflanzliche Nahrung zu sich.

Und alle Lebewesen im ganzen Weltall leben in absoluter Harmonie und in Frieden miteinander und untereinander.

Das ist in ihrer Genstruktur so verflochten,
die Elhaa´lihk haben sie so erschaffen.

Doch der schreckliche Einfluß des Esh´harij,
auf der Erde, machte einige Tierarten,
in den nächsten vielen Hundert-Tausenden von Jahren zu Fleischfressern.

Dinosaurier, wie der T-Rex oder die Raptoren und viele andere Fleischfresser waren in der Natur und in der Evolution nicht vorgesehen,
auch nicht alle heutigen fleischfressenden Tiere und Pflanzen.

Dann entwickelten sich die ersten Menschen,
und das Esh´harij hatte leichtes Spiel bei ihnen.

Die Menschen waren leichter beeinflussbar als die Tiere.

Seine Nahrung war für Millionen von Jahren gesichert.

Es säete von Anfang an Zwietracht, Habgier und Hass unter dem Menschenvolk und wurde immer kräftiger, um seinem Gefängnis später entfliehen zu können.

Für all die Auseinandersetzungen, Kriege und Gräueltaten in der Menschheit war das Esh´harij verantwortlich.

Die größten und meisten Naturkatastrophen wie Erdbeben, Vulkanausbrüche, Lawinen Erdrutsche, Tsunamis in der Erdgeschichte hatte das Esh´harij verursacht, durch seine Bewegungen und Versuche sich zu befreien.

Es fehlte ihm nur noch eine große böse Tat eines Menschen, die des Lord Dharkhiin, den das Esh´harij am leichtesten, von allen Menschen, beeinflussen konnte.

Danach hätte es genügend Kraft gewonnen um sich zu befreien, dies würde aber zwangsweise die komplette Zerstörung der Erde bedeuten.

Das Esh´harij wollte erst abwarten bis Lord Dharkhiin die Waffe eingesetzt und die Elhaa´lihk im Zentrum des Universums vernichtet hatte.

Es konnte die Gedanken von Dharkhiin lesen und wusste was er vor hatte.

Und es wusste auch, schon seit langer Zeit, das die Elhaa´lihk seine Brüder gefangen hielten.

Bei Gefahr senden die Esh´harij gleich einen telepathischen Hilferuf, die von den anderen empfangen werden, wo auch immer sie sind im All.

Dies alles hatte das Esh´harij im Erdinneren mitbekommen und wollte sich so an den Elhaa´lihk rächen.

Als die Elhaa´lihk gerade noch rechtzeitig im Erdorbit eintrafen fing der ganze Planet schon an leicht zu beben.

Dadurch, dass die Hohlkammer im Erdinneren Risse bekommen hatte, konnten sie das Esh´harij gleich registrieren und orten.

Sofort setzten sie den subdimensionalen Leitstrahl ein, der das bösartige Wesen gleich in die Isolations-Kammer teleportierte, bevor es die Erde zerstören konnte.

Die Menschen standen nun nicht mehr unter dem Einfluß des Bösen, aber es sollten noch viele Jahrzehnte verstreichen bis ihre Seelen endgültig gereinigt wurden.

Dharkhiin, seine Familie und alle auf der Nord-Erde waren wie verwandelt und verwirrt.

Sie begriffen nicht was sie taten und warum sie das taten.

Ihnen allen überkam große innere Reue, Demut und Scham.

Die Elhaa´lihk entnahmen den Satelliten die Mhed´huum-Steine, landeten auf der Erde und übergaben Dheyhliin und Bhhariit zusätzlich acht weitere, für die ganze Menschheit.

Alle verneigten sich ehrfurchtsvoll vor den Elhaa´lihk und waren unendlich dankbar.

Diese schwebten wieder in ihr Raumschiff
und traten die Rückreise an, ins Zentrum des
Universums.

Der böse Ring der Erde wurde zerstört.

Es gab nur noch eine einheitliche Welt,
in der nun alle Menschen anfingen sich
gegenseitig zu helfen, um gemeinsam alles
wieder aufzubauen.

Sie waren jetzt nicht mehr allein im Weltall.

Durch die Mhed´huum-Steine hatten sie nun
Kontakt mit einer Vielzahl von Spezies auf
verschiedenen Planeten, und auch Kontakt
mit der Ursprungs-Menschheit im Zentrum des
Universums.

Amhiinaah sah zum Himmel und sagte: "
die Prophezeiung ist nun mit sich im Reinen,
sie hat sich erfüllt ".

Dheyhliin und Bhhariit heirateten,
und bekamen zwei Töchter und zwei Söhne.

Jeder auf dem Planeten kannte und ehrte sie,
denn sie leiteten eine neue Ära der
Menschheit ein.